Ye

2000

ELOGE
DE
SOISSONS.

Par LOUISE HELENE DE BAZIN,
Fille des Barons de Bazin, Comtes de
Fresne, Grands Baillifs de Soissons
pendant plus d'un siecle.

Dédié à Monseigneur DESMARETZ, *Ministre d'Etat*
& Controlleur Général des Finances.

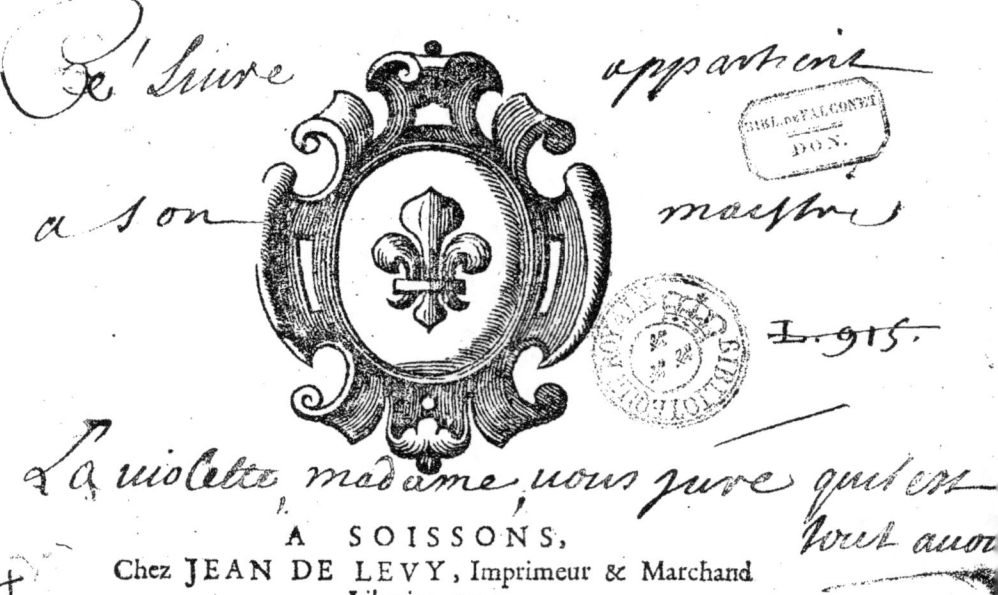

A SOISSONS,
Chez JEAN DE LEVY, Imprimeur & Marchand
Libraire 1712.
AVEC PERMISSION.

MONSEIGNEUR,

IL me semble que je ne puis mieux marquer, à VÔTRE GRANDEUR, ma profonde vénération, & ma parfaite reconnoißance, qu'en luy presentant ce petit Ouvrage, puisque malgré les beautez de Soißons & le merite des Soißonnois, je n'euße point fait leur Eloge, si cette charmante Patrie n'eut été celle du plus digne, du plus sage, du plus Grand Ministre & du plus genereux Protecteur qui ait jamais été au monde.

Ta reputation est telle,
Qu'on dira dans mil ans, comme on dit aujourd'huy,
Benite la Cité qui produisit celuy,
Dont la memoire est immortelle.

C'est, MONSEIGNEUR, *ce qui me donne lieu d'es-*
perer que son Eloge sera agréable au public : Mais que
m'importe qu'il le soit, s'il est reçû favorablement de VÔTRE
GRANDEUR ; *Je fais ma gloire de me dire avec une*
respectueuse soumission,

MONSEIGNEUR,

Vôtre trés-humble, & trés-obéïssante
& trés-obligée Servante,
L. H. DE BAZIN DE FRESNE.

ELOGE
DE SOISSONS.

ON ne peut l'ignorer Soissons fut autrefois
La Ville favorite, & le séjour des Rois ;
De son antiquité, de son rang, de sa gloire,
On s'instruit pleinement en lisant nôtre Histoire.
Mais celebre Cité, je te vois, & je veux
De ton état present instruire nos Neveux ;
Dans mon raviffement permets-moy de leur dire,
Que les ans ne t'ont point soumis à leur Empire ;
Tu conserves encor des merveilles de l'Art
Des sacrez monumens de pieté sans fard ;
Ce Château contre qui les Legions Romaines
Ont fait plus d'une fois des entreprises vaines ;
Ces remparts qu'on croiroit n'être pas achevés,
Bien qu'avant Pharamond ils fussent élevés.
J'admire tes Maisons, tes Jardins de délices
Où le bon goût paroît jusques dans leurs caprices ;
Ton Orizon charmant, ta Riviere, tes Monts
Source de l'abondance & des belles moissons,
Ton Mail, ton Promenoir, ta riante Prairie
Où l'on respire un air qui redonne la vie :
Mais qu'on ne pense pas que tout cet agrément,
Soit la raison pour toy de mon attachement.
Dans cet heureux climat commença sa carriere,
Cet Astre dont le cours nous est si salutaire.
Soissons c'est dans tes murs que naquit DESMARETZ,
Ce grand Ministre en qui je prens tant d'interêts,
Qui peut n'en prendre pas ? me répondra la France.

Mr. DESMARETZ Contrôleur General des Finances.

A

Sans cet autre COLBERT qui regit la Finance,
Auroit-on pu parer les redoutables coups,
Les furieux efforts de cent Princes jaloux ?
Si COLBERT a reçû la sagesse en partage,
Celle de DESMARETZ brille bien d'avantage ;
Dans un temps favorable on peut à moins de frais
Acquerir un renom qui ne perit jamais.
COLBERT ne trouva point la Finance Epuisée,
L'abondance tarie, & la ressource usée,
Les esprits consternés, les ennemis vainqueurs,
L'illustre DESMARETZ a vû tous ces malheurs;
Pour préserver l'Etat d'un mal irreparable,
Il luy faut un secours qui soit considerable;
On ne peut le tirer que de son propre sein,
Nôtre Liberateur en forme le dessein,
Il sçait l'executer d'une telle maniere,
Qu'en offrant à Cesar un tribut necessaire
On redouble pour luy son zele & son amour;
Témoins les Habitans de ce charmant sejour,
Qui chantent à l'envy d'un cœur sincere & tendre,
Qu'on ne nous parle plus du fameux Alexandre,
Le Prince le plus grand dans sa prosperité;
S'est souvent démenti dans son adversité;
Du nôtre, l'Univers sçait ce qu'on en doit croire,
Sa constance l'éleve au comble de la gloire,
La France va joüir d'un tranquille repos,
C'est le fruit de l'effort qu'elle a fait à propos
Du Ministre les soins pour le nerf de la guerre,
Nous font deja toucher au bien qu'on en espere;
La Paix va couronner ses utiles travaux,
L'on n'oubliera jamais qu'il a gueri nos maux.
Le Ciel enfin propice à nôtre Prince Auguste,
Toûjours semblable à soy, toûjours bon, toûjours juste,
Benira ses projets, remplira tous ses vœux,
En luy rassemblera tout ce qui rend heureux.
Dans moins de deux printemps Sa Majesté sçut prendre
Ce que toute l'Europe en vingt n'a pu reprendre.
Ceux qui se sont ligués pour changer nôtre sort,
Se sentiront long-temps de cet injuste effort:

Je veux qu'avant la fin de la prochaine automne,
Que doit s'évanoüir le regne de Belonne,
Paris se voye encor le centre des plaisirs,
Et que les seuls Amans y poussent des soupirs.
L'amour pour se venger de la fureur des armes,
Forcera nos Heros de ceder à ses charmes,
Tous les cœurs de ce Dieu suivront les Etendars,
L'hymen reparera ce qu'a fait perdre Mars.
Malgré ce que l'on doit à nôtre Capitale,
Malgré ce que je sens pour ma terre natale,
Celle de DESMARETZ, je veux bien l'avoüer,
Est celle que mon cœur m'inspire de loüer;
De mes Ayeux aussi, douce & chere Patrie,
Que ne puis-je en ton sein passer toute ma vie.
Un cœur franc, genereux, fidelle, bienfaisant,
Un esprit éclairé, doux, vif, insinuant,
L'honneur, la bonne foy, l'aimable politesse,
Font de tes Citoyens preuve de la Noblesse
Qu'ils reçûrent des mains du Roy de l'Univers.
Si j'avois du talent pour réüssir en vers,
Si j'égalois Charré dans ce noble exercice,
Par le desir que j'ay de leur rendre justice,
Je ferois de chacun de si riches portraits,
Qu'en peignant les Heros, on prendroit tous leurs traits,
Et sans trop élever leur vertu, leur merite,
Je dirois que SOISSONS de la France est l'élite,
Qu'avec raison Japhet y voulut habiter,
Qu'à tous les lieux du monde il dut le preferer.
    De nôtre Gouverneur le merite & la gloire
Seront les precieux ornemens de l'Histoire;
Son auguste Naissance & son genereux Sang,
Nous font autant connus que son illustre Rang;
Sur un si grand sujet j'aurois peine à me taire,
Si j'en pouvois parler sans être temeraire.
    Ce PRELAT dont l'aspect est si grave & si beau,
Est le Pasteur cheri de ce digne troupeau :
Il est grand sans orgueil, il est bon sans foiblesse,
Magnifique sans faste, & simple sans bassesse,
Contraire au mercenaire, indigne de son rang,

Mgr. le Duc D'ESTRÉES, Gouverneur.

Mr. BRULART Evêque de Soissons.

Qui n'a pour ſes brebis qu'un cœur indifferent ;
Il leur ſçait preparer de bonnes nourritures,
Il leur fait diſcerner les routes les plus ſûres,
Soit de prés, ſoit de loin, rien n'échape à ſes yeux,
Toutes ſentent l'effet de ſes ſoins merveilleux ;
A leurs plaintes il prête une oreille attentive,
Il rappelle l'errante, il ſuit la fugitive,
Sa houlette ſoutient celle qu'il voit broncher.
Il ne les laiſſe pas en proye à l'Etranger.
Ce PRELAT des Paſteurs eſt le parfait modele,
Sous ſon Epiſcopat l'Egliſe renouvelle,
Son merite n'a point l'éclat, le faux brillant
De celuy qui nous trompe en nous éblouïſſant,
De celuy qui du vrai n'a ſimplement que l'ombre,
On le peut juſtement diſtinguer du grand nombre ;
De ſa haute vertu, ſa rare humilité
Répond ſuffiſamment de la ſolidité ;
Sa belle ame eſt un Ciel qui paroît ſans nuage,
Il ne m'eſt pas permis d'en dire davantage ;
Cette vive lumiere eſt ſur le Chandelier,
Il n'appartient qu'à luy de pouvoir allier
La foy d'un Auguſtin, le zele d'un Jerôme,
La Charité d'un Paul, l'eſprit d'un Chriſoſtome.

Mrs. du Clergé Son auguſte Clergé de l'Egliſe l'honneur,
A ſçu ſe conſerver ſa premiere ſplendeur,
N'a-t'il pas aujourd'huy des langues éloquentes,
Des eſprits éminens, & des plumes ſçavantes ?
N'a-t'il pas aujourd'huy de ces Hommes divins,
Que le Seigneur forma pour ſes plus grands deſſeins !
De ces hommes remplis de Graces neceſſaires,
Pour d'Enfans de l'Egliſe en devenir les Peres
De ceux qui pour l'honneur de la Religion,
Veulent decrediter la ſuperſtition,
Saper les fondemens de cette hypocriſie,
Qui ſert de voile au crime, & qui le multiplie
Ainſi qu'en un parterre on rencontre des fleurs
Differentes en noms, en forme, en couleurs.
Dans ce champ que le Ciel arroſe de ſes graces,
Se montre la vertu ſous differentes faces,

La Nobleſſe du ſang jointe à celle du cœur,
A l'Etat, à l'Egliſe, a toûjours fait honneur,
La commune vertu n'eſt pas vertu pour elle,
On la diſtingue en tout, & par tout elle excelle,
C'eſt ce qu'en d'Hericour * ce principe a produit,
Renonce-t'il au monde, il le hait, il le fuit,
De la terre il devient le ſel, & la lumiere,
Aux mondains il oppoſe une vie exemplaire,
Et ſans ſe contenter d'être un homme de bien,
Il veut être un Heros, mais un Heros Chrêtien;
Ses celebres Ayeux ſe ſont acquis la gloire,
D'avoir aux ennemis enlevé la victoire:
Dignes de leur naiſſance, & dignes de leur rang,
Pour leur chere Patrie ils ont verſé leur ſang,
Et luy l'Illuſtre Chef d'une ſainte milice,
Doit confondre l'enfer & triompher du vice;
Cet Athlete divin ne ſe contente pas,
De l'inique ſentier de détourner ſes pas,
De marcher conſtamment dans la penible voye,
Qui ſeule nous conduit à la celeſte joye:
Il y veut attirer les autres aprés luy,
Il ne peut être heureux, qu'ils ne ſe ſoient auſſi;
La gloire du Seigneur fortement l'intereſſe,
De Chriſt ainſi que Paul la charité le preſſe,
Il veille, il jeune, il prie, & s'efforce à toucher
Des cœurs qui ſont encore plus durs que le rocher;
Combien en ſçavons-nous qu'il a rendu flexibles,
Par ſes ſoins ? à la grace ils deviennent ſenſibles;
Tes travaux, lui dit-on, ta grande auſterité,
Abregeront tes jours, detruiront ta ſanté !
Mes Peres ont plus fait pour les Rois de la terre,
Repond-il, POUR MON DIEU que ne dois-je point faire?
C'eſt l'Auteur de mon Etre, & je veux à mon tour
Vivre pour le ſervir, mourir pour ſon amour;
Son ſaint zele n'eſt pas dépourvû de ſcience,
Il ne neglige point la divine éloquence,
La lecture, l'étude & plus que tout, les pleurs
Qu'il verſe abondamment ſur l'état des Pécheurs:
Ces ſalutaires eaux, ces amoureuſes larmes,

* Mr. d'Hericour
Doyen de la Ca-
thedrale.

B

Par qui du bras de Dieu, il fait tomber les armes,
Qui nous ont attirés, tant de faveurs des Cieux,
Le privent aujourd'huy, de l'usage des yeux,
Dans le chemin du Ciel, celuy qui nous éclaire,
Perdra-t'il pour toûjours, la terestre lumiere ?
Par celuy qui peut tout, & qui veut l'éprouver,
Comme autrefois Tobie, il peut la recouvrer :
Ce celebre Chapitre est heureux à produire
Des Modeles divins sur quoy l'on doit s'instruire,
   Ce grand Theologal, ce sçavant Orateur
Qui sçait charmer l'oreille, & convertir le cœur,
Celuy qui rompt le Pain dont nôtre ame est nourrie,
Mene dessus la terre une Angelique vie,
La Grace & la nature ont par d'heureux accords
Pour l'Abbé . . . prodigués leurs tresors,
De . . . le feu & la delicatesse
Font briller les talens & valoir la sagesse ;

* Mr. Terrasson, Chanoine de la Cathedrale.

Terrasson * ce qui fait nôtre admiration,
Ce qui peut operer nôtre conversion,
Ce qui peut nous aider à suporter nos peines,
Coulent de tes Sermons comme l'eau des fontaines ;
De tes divins Discours l'Esprit Saint est l'Auteur,
Ils convainquent l'esprit, ils triomphent du cœur,
   Si les Anges du Ciel habitoient sur la Terre,

* L'Abbaye de St Jean des Vignes.

Ils feroient ce que font dans ce saint Monastere *
Les illustres enfans du fameux Augustin ;
Celebreroient - ils mieux le Service divin ?
C'est le Champ du Seigneur, où chacun se rend digne,
De paître ses brebis, de cultiver sa vigne.

* Mr Coiret, Prieur de S. Jean des Vignes.
* Mr. l'Abbé de S. Jean des Vig-nes.

Leur Chef * de qui les jours nous sont si precieux,
Est déja mis au rang des esprits bien-heureux.
   Sachenage * dans peu ta tête à juste titre,
Se verra malgré toy couverte d'une mitre :
Tu joints au bel esprit un bon, un tendre cœur,
Heureuses les brebis qui t'auront pour Pasteur.
   Les plus subtils esprits, les plus sçavantes plumes,
Travailleroient en vain à grossir des volumes,

* Mr. l'Abbé de St. Medard.

Sans que du Grand Pomponne, * ils pussent épuiser,
Tout le bien qu'on en dit, & qu'on en doit penser.

Sans pouvoir exprimer ce qu'il fit pour l'Eglife,
Ce qu'il fit pour l'Eftat, ce qu'il fit à Venife,
Où fes traits de fageffe aux Sages ont appris
Que la leur doit ceder à celle de L O U I S.

    Brunet * doit être mis au rang des Saints Apôtres,   * Mr. l'Abbé de
C'eft peu qu'il foit fauvé, s'il ne fauve les autres,   Saint Crefpin.
Du Benefice icy on voit le Poffeffeur,
Suivre l'intention du fage Fondateur.

    Où refide Quinquet * cet enfant de la Ville,   * Le R. P. Quin-
D'un naturel fi beau, d'un efprit fi fertile,   quet.
Miniftre, Ambaffadeur du Roy de tous les Rois,
Au monarque des Lis il annonce fes Loix,
Il luy fait un crayon de fa toute-puiffance,
Il en exige foy, hommage, obéïffance,
Et le Prince docile à fes doctes raifons,
En exige à fon tour de frequentes leçons;
Cet Aigle dans Paris vole de Chaire en Chaire,
On le cherche, on le fuit, on l'aime, on le revere,
Et l'on dit hautement que ce faint Orateur
A trouvé le chemin qui conduit droit au cœur.

    Qui ne fçait que le Ciel benignement regarde
La Maifon des Quinquets, des Cuirets, des la Garde,   * M. de la Garde
La Garde * par ce nom je pretens exprimer   premier Commis
Tout ce que dans un homme on a droit d'eftimer;   de Mgr. DESMA-
Par de fi beaux endroits on me l'a fait connoître;   RETZ.
Que je m'aperçois bien qu'il reffemble à fon Maître:
De Charmoluë * auffi quelle eft la pieté,   * M. deCharmo-
La fageffe, l'efprit, l'extrême probité,   luë frere dudit
Si je m'etendois plus fur ce qu'on en publie,   Sr. de la Garde.
Je craindrois de bleffer fa rare modeftie.

    Que dire de Cuiret * il ne luy manque rien,   * M.Cuiret Gref-
De ce qu'il faut avoir pour plaire aux gens de bien,   fier des Trefo-
Du fçavoir, un bon cœur, une ame genereufe,   riers de France.
Un efprit degagé de vûë ambitieufe,
Le defir empreffé de loüer leur vertu,
Fait voir dans mon éloge un ordre interrompu.

    Des Epoufes de Chrift, * j'exaltois la conftance.   * L'Abbaye de
Je croyois leur état, un état de fouffrance,   Nôtre - Dame.
Quand une occafion que je n'efperois pas,

8

Vers leur belle prison , fit avancer mes pas,
De cent nobles beautez j'y vis la troupe aimable
Benir les douces loix d'une Abbesse * adorable ,

Mde. de
Fiesque.

Qui foule aux pieds les biens dont on fait tant de cas,
Pour joüir d'un tresor que le monde n'a pas ,
Là les plaisirs font purs , & la paix permanente ,
Sans livrer de combat , la grace est triomphante ,
Que dis-je ? il faut celer leur trop heureux destin ,
Ou l'on verroit bien-tôt finir le genre humain.

Que vos cœurs , SOISSONNOIS , soient remplis d'allegresse,
Le Ciel en vôtre fort montre qu'il s'interesse ,
Pour veiller sur les droits de la sage Themis :

* Mr. LAUGEOIS
d'Imbercourt.

Quel Intendant * vous vient ? eussiez-vous mieux choisis ?
Un autre a-t'il jamais fait voir tant de prudence ,
Tant d'esprit , tant de zele , & tant de prévoyance ;
Son grand cœur audessus des honneurs qu'on luy rend ,
Refuse jusqu'à ceux que l'on doit à son rang ,
Il sçaura vous charmer par ses nobles manieres,
Il vous fera combler de faveurs singulieres,
Ainsi que le Ministre il s'est fait une loy , ,
D'unir les interêts des peuples & du Roy.
Je vous l'annonçay tel avant son arrivée ,
Ne repond-t'il pas bien à cette noble idée ?
Je le vois , estimé , loüé , chery de tous ,
Agissant pour le Prince , il travaille pour vous.
C'est pour vôtre salut autant que pour sa gloire ,
Qu'il prepare les fonds d'où dépend la victoire ;
Pour prévenir l'effort de nos fiers Ennemis ,
L'on sçait sa vigilance & les soins qu'il a pris.
Faut-il que dans nos camps séjourne l'abondance ?
Faut-il à nos Guerriers fournir la subsistance ?
Il part, il court , il vole au milieu des hazards ,
S'il étoit moins humain on le prendroit pour Mars ;
Il brilloit au Conseil , pour vous on l'en retire ,
Comme il excele en tout , par tout on le desire.

N'allons-nous pas revoir , comme on vit autrefois ,
Couronnés de Lauriers nos guerriers Soissonnois ?

Mr. Le Comte
de Muret, Lieute-
nant des armées
du Roy.

Le genereux Muret * dont le bras est un foudre ,
Ne reduira-t'il pas nos Ennemis en poudre ?

Quand

Quand la valeur n'avoit qu'à vaincre la valeur,
Ce Heros fut toûjours invincible ou vainqueur,
Sur l'impoſſible on ſçait qu'elle eſt la loy commune.
On n'eſt point obligé de vaincre la fortune ;
Philippe n'arma point pour combattre le vent,
Mais la fortune change attendons un moment :
Déja cette union ſi forte & ſi ſerrée,
Qui juroit nôtre perte, eſt foible & relachée :
Cette Reine qu'on vit conſpirer contre nous,
Veut de ſes Alliez arrêter le courroux :
La diſcorde déja ſe gliſſe en leur armée,
D'une nouvelle ardeur la nôtre eſt animée.
  Le brave Puiſſegur * l'amour de nos ſoldats,
Celuy qu'on peut nommer l'ame de nos combats,
Rentre dans le chemin qui mene à la victoire,
Maillebois * qui déja s'eſt acquis tant de gloire,
Dont l'intrepide cœur mepriſe le danger,
Eſt dans le champ de Mars tout prêt à nous vanger :
Déja ſur l'Ennemy nous avons l'avantage,
Dequoy n'eſt point capable un ſuprême courage :
Faut-il forcer la ligne & le retranchement,
Fendre les Eſcadrons du ſuperbe Allemand,
D'un orgueilleux vainqueur humilier l'audace,
Villars du Grand Condé tïent àujourd'huy la place :
Il a déja repris, ſuivons-le juſqu'au bout,
Encore une victoire & nous reprendrons tout.
Pour au cœur de l'Etat ramener l'abondance,
Profitons des moyens d'étendre ſa puiſſance,
Je m'égare, LOUIS, pour ſes zelés ſujets,
N'a-'il pas étouffé de glorieux projets ?
Pouvons-nous oublier cette paix ſalutaire,
Qui rompit l'heureux cours de la plus juſte guerre ?
Arbitre ſouverain du ſuccez de nos vœux,
Conſervé CE GRAND ROY qui ſçait nous rendre heureux.
  Comment te celebrer ſçavante Academie, *
Où la ſcience eſt jointe au ſublime genie,
Que n'ay-je aſſez de tems, que n'ay-je aſſez de feu,
Pour ſortir de ma ſphere, & m'élever en peu,
Par l'aide d'Apollon vers la region pure,

C

* Mr. De Puiſſe-
gur, Lieutenant
General des ar-
mées du Roy.
* Mr. Le Mar-
quis de Maille-
bois, Fils de Mgr.
DESMARETZ.

* L'Academie
des Sciences.

Où se polit le stile, où la langue s'épure,
Où l'esprit par l'étude & le raisonnement,
S'enrichit & reçoit un noûvel ornement :
Aprés avoir acquis de pareils avantages,
Muses à vos amis je rendrois mes hommages;
Temeraire transport, inutile desir,
Dans un si haut dessein je ne puis réüssir!
Quelle fatalité dans l'ardeur qui m'anime!
J'eusse pris DESMARETZ pour l'objet de ma rime:
J'aurois au naturel fait un Portrait si beau,
Qu'encore aprés mil ans il eut semblé nouveau :
J'eusse risqué les traits sans craindre la Satyre,
Du digne Original que l'Univers admire:
J'eusse representé ce Chef-d'œuvre des Cieux,
Enrichy des vertus des hommes & des Dieux;
De ce hardy pinceau, sans qu'on pût m'en reprendre,
J'eusse fait le portrait de son illustre Gendre.
    Je parle maintenant du fameux de * Bercy,
Dont le Ciel à voulu faire un homme accomply,
Et s'il falloit encor monter sur le Parnasse,
Et suivre pour cela des grands Hommes la trace:
J'ay du courage assez pour me mettre en chemin,
Si je trouvois quelqu'un qui me donna la main.
    Des nobles * Trésoriers, & de leur caractere,
La voix publique fait un éloge sincere :
Leur dignité, leurs noms de tous sont reverés,
Ils honorent la Ville, ils en sont honorés :
Et joignant la Finance à la Magistrature,
Leur gloire est éclatante, & leur fortune sûre :
Le diray-je? & pourquoy ne le diray-je pas?
    a L'Auguste des François, leur doit un b Mœcenas,
    Des sages Labourets on connoît le merite,
On sçait qu'à la vertu leur bon exemple excite,
Que le Pere est heureux! qui voit par ses deux Fils,
Des Postes éminens si dignement remplis.
    Honorons un * Senat, dont les membres illustres,
Rendront leurs noms fameux, jusques aux derniers lustres :
Depuis son origine, il a jusques à nous
Merité des honneurs, dont d'autres sont jaloux :

De ces grands Magiſtrats, ni brigue ni puiſſance,
N'ont pas un ſeul moment fait pencher la balance,
Les redoutables traits d'une injuſte beauté,
N'ont jamais fait de breche à leur integrité;
Honorons un Senat, où l'équité reſide,
Où la verité parle, où le ſçavoir decide,
Où de Beine & Pouſſin * cuëillent dans leur printemps,
Les fruits qu'un long travail donne dans les vieux ans.
Que le Gras * ait puiſé dans cette ſource pure,
D'où ſont ſortis les Dieux de la Magiſtrature,
Qu'il en ait raporté dans ſon païs natal,
La ſemence du bien, & le remede au mal,
Qu'armé des juſtes Loix, il pourſuive le vice,
Qu'il puniſſe ou pardonne au gré de la juſtice,
Son vertueux exemple & ſa rare bonté,
Font plus de gens de bien que ſa ſeverité:
Ne les voyons-nous pas rappeller la memoire
De ces grands Senateurs, dont Rome fit ſa gloire
Plus ils ont de ſageſſe & de profond ſçavoir,
Et plus d'en acquerir ils ſe font un devoir.
Que je me plais d'entendre un nourriſſon des Muſes
Combattre des méchants l'artifice & les ruſes,
* Citer les lieux, les tems, & les raiſons des Loix,
Qui du pauvre & du riche autoriſent les droits,
Rien n'eſt ſi beau, ſi noble, & ſi digne d'envie,
Que de pouvoir ſauver l'honneur, les biens, la vie,
Sans Morand & Charré patrons des Orphelins,
Dignes & renommez Academiciens,
Qui n'auroit pas juré qu'en cet Art admirable,
Le fameux Ciceron étoit inimitable!
* Vous qui dans leur carriere avancez à grands pas,
De vous ainſi que d'eux ne parlera-t'on pas?
    A tort on nommeroit Peres * de la chicane,
Ceux de qui la vertu dans ces lieux la condamne,
Ceux qu'on voit appliquez contre leurs interêts,
A chercher les moyens d'aſſoupir les procez.
    Lorſque Quinquet * défend qu'on luy rende juſtice,
L'on dit qu'à ſon merite il fait une injuſtice,
Vers qui m'accuſeroit d'avoir pu l'oublier,

* Mrs. les Préſidens.

* Mr. le Lieutenant Criminel.

* Mrs. les Gens du Roy.

* Mrs. les Avocats.

* Mrs. les Procureurs.

* Mr. Quinquet Procureur du Roy de la Ville.

Qu'on me permette au moins de me juftifier.

Que ne devons-nous pas aux Anges tutelaires *
Qui gardent la Cité, qui s'en montrent les Peres?
L'ordre qu'on voit regner dans ce chatmant fejour,
Du fiecle de Saturne annonce le retour.
Une extrême valeur, une illuftre Noblefſe,
Un efprit cultivé, beaucoup de politeſse,
Une vertu conftante, un courage élevé,
Dans le grand Cardaillac, * c'eſt ce que j'ay trouvé.
Sevelinge * à Soiffons a prefque pris naiffance,
La nature pour luy marqua fa préference,
D'une Maifon celebre on tient qu'il eft forti,
Et bien que fa Noblefſe il n'ait point démenti,
Il ne revele point fon illuftre Origine,
Par fa vertu, peut-être, il veut qu'on la devine:
J'ay dit en le voyant au nombre des heureux,
Il faut que la fortune ait quelquefois des yeux.
Une façon d'agir civile & prévenante,
Un efprit agréable, un humeur complaifante,
Un fond de probité, un intrepide cœur,
Ce font les qualitez du Chevalier d'honneur, *
Quand fur les Fleurs de Lis il vient prendre fa place,
On croit voir le Dieu Mars en prendre une au Parnaffe.
Que pourroit-on rifquer à loüer Capitain *
Son efprit eft connu, fon merite eft certain,
De la façon qu'on fçait qu'il eft habile & fage,
Je penfois qu'il dût être en l'hyver de fon âge.
Celebre * le . . je fçais qu'en ce Valon,
Ton efprit, ton fçavoir, charme nôtre Apollon,
Que fort obligeamment tu m'as rendu fervice,
Puis-je manquer icy de te rendre juftice:
Des Princes & des Rois les plaifirs innocens,
Sont les dignes objets de tes foins vigilens;
Quand je t'entens donner le grand titre de Maître,
Je dis, on a raifon, en tout il pourroit l'être,
Et quelque foit l'éclat de ton illuftre Employ,
Je dis qu'il eft encor moins illuftre que toy.
Aux dignes Officiers * des Tailles, des Gabelles,
Pourquoy vouloir donner des loüanges nouvelles?

* Mrs. de Ville.

* Mr. le Comte
de Cardaillac.

* Mr. de Seve-
linge.

* Mr. Novron de
Preaux.

* Mr. Capitain
Treforier de
France.

* Mr. le Maître
des Eaux & Fo-
refts.

* Mrs. de l'Elec-
tion & Grenier à
Sel.

Dire

Dire qu'ils ont pour Chefs & Dutour, & Quinquet,
C'eſt en faire, il me ſemble, un éloge parfait.

Megret & Moncivry font voir que la clemence,
Suit l'eſprit, le merite, & l'heureuſe naiſſance :

Deſpagny, de Mainville & le ſage Dalmas,
A nos ſuccés Guerriers, ne concourent-il pas ?

Rendons grace à celuy qui nous donne la vie,
De nous avoir muni contre la maladie,
Que pourroit-il manquer à nos chers Medecins,
Pour meriter le nom de nouveaux Galiens ?
A leur profond ſçavoir, ils joignent la prudence,
Qui ne s'eſt bien trouvé de leur ſage ordonnance.
Bien-heureux ceux qui ſont confiez à leur ſoin,
Mais plus heureux encor qui n'en a pas beſoin.

Des Juges & Conſuls l'honneur & la juſtice,
Plus que leurs Jugemens condamnent l'injuſtice,
La probité dont tous ont fait profeſſion,
Brille dans Montigny, Deſmonceaux, Champion.

Goſſet, Conflant, du Tour Bachelier, pour décrire,
Ce merite éminent qui fait qu'on vous admire,
Je trouveray dans peu l'heureuſe occaſion,
De vous rendre juſtice avec diſtinction !

Dés qu'on parle à Soiſſons de l'Abbé de Merille,
Les cœurs ſont tranſportez, dans les yeux l'amour brille,
On vante ſon eſprit, ſes vertus, ſon bon cœur,
On s'empreſſe à luy rendre un legitime honneur !

Le Portrait de Bertrant * tient la derniere place,
Crainte que ſon éclat quelques autres n'éface,
De vertu plus parfaite on ſçait qu'il n'en eſt pas,
Ses dignes heritiers, marchent deſſus ſes pas.

Les Femmes ſont icy des Reines de Cithere,
En elles de Lucreſſe, on voit le caractere :
Eudoxe eut moins d'eſprit, Eſther moins de bonté,
Sabine moins d'amour & de fidelité :
La Sage Penelope, eut moins de prévoyance,
Sapho moins de talens, d'adreſſe, de ſcience.

La Garde tes vertus & tes perfections,
Sont les dignes ſujets des converſations ;
Je ne me laſſe point de m'entendre redire,

D

* Mrs. les Rece-
veurs des Tailles.

* Mr. Dalmas &
Mr. Deſpaguy,
Commiſſaires
aux revûës.
Mr. de Mainville
Treſorier, Païeur
des troupes.
* Mrs. les Mede-
cins.

* Mrs les Juges
& Conſuls.

* Mr. Goſſet
grand Archidia-
cre.
* Mr. de Conflant
Archidiacre &
grand Vicaire.
Mrs. du Tour,&
Bachelier, Ar-
chidiacres.
* Mr. l'Abbé de
de St. Yves de
Brayne.
* Mr. Bertrant.
Treſorier de
France & Rece-
veur General des
Gabelles.

Son merite est trop grand, pour le pouvoir décrire,
Son Portrait aisément, s'imprime dans les cœurs,
Mais dès qu'on veut la peindre, on manque de couleurs ;
Si jamais de te voir, j'ay le doux avantage,
J'entreprendray pourtant ce difficile ouvrage.
  D'Edouarde l'esprit qui brille dans ses yeux,
Son humeur engageante, & son air gracieux,
Ses attraits, sa vertu, la grandeur de son ame,
Font publier qu'elle est une charmante femme ;
Sitost qu'elle est parfaite, elle se reproduit,
Déja de ses amours une grace est le fruit,
Cette jeune merveille, à peine est-elle née,
Que son esprit est fait, & sa raison formée,
  D'Amarante, l'Automne est semblable au Printemps,
Elle est inaccessible aux insultes du temps,
Dessus son tein de lis se trouve encor la rose,
Sa fille est un effet qui ressemble à sa cause.
Des plus grandes beautez, en elle on voit les traits,
Ce rare Original confond tous les Portraits,
Plus elle est au grand jour, plus elle a d'avantage,
De toutes les vertus elle sçait faire usage,
Les rayons du Soleil brillent moins que ses yeux ;
L'éguille & le fuseau se meslent à ses jeux,
De sa noble fierté la douceur est compagne,
Des graces & des ris, la troupe l'accompagne.
L'amour & l'amitié, remplissent ses desirs,
Son agréable époux, est de tous ses plaisirs,
Avec Sephaline, & la Nymphe Aristhée,
Sa charmante union, semble estre cimentée.
  Que de l'Auguste Cour d'un Monarque charmant,
La venerable Istrine, ait esté l'ornement ;
Que le Ciel l'ait doüé d'un merite supreme,
Je n'en puis plus douter, je le sçay par moy-mesme.
  Lise a les yeux brillans, tendres & pleins de feux,
Le plus beau tein du monde, & les plus beaux cheveux,
Un air, un ris charmant, une voix ravissante,
La conversation agreable, & sçavante ;
Un esprit juste & fin, un fond de belle humeur,
En un mot ce qu'il faut pour engager un cœur.

Sans rien exagerer, sans nulle complaisance,
M'en falut-il jurer, je dis ce que je pense.
Quand je dis que Delpline a pour moy des appas,
Qu'en bien d'autres beautez je ne trouverois pas,
Elle a sçû me charmer dès la premiere vûë,
Mes yeux furent surpris, mon ame fut émuë.
Quiconque lit cecy, dit s'adressant à moy,
Il en arrive autant a tout autre qu'à toy.

   Mirthelle de Sapho efface la memoire,
Des neuf sçavantes Sœurs, elle a part à la gloire,
L'amour pour l'admirer arrache son bandeau,
Minerve en la voyant pense voir son tableau,
Du Parnasse Apollon se dispose à descendre,
Pour goûter en ces lieux le plaisir de l'entendre,
Dès que l'on peut joüir de son sage entretien,
Ni livres, ni Sçavans ne servent plus de rien.

   La modeste Cloris a ce qu'il faut pour plaire,
Elle fait à l'amour une durable guerre,
De Quinquille sa Mere on connoit la bonté,
Et de son sage Epoux la parfaite équité,
Par d'agreables Fils par de charmantes Filles,
Ils se voyent renaître en d'illustres Familles.

   Climene tes Ayeux des Dieux sont descendus,
Ta taille est de Pallas, & tes traits de Venus,
Ta fierté de Junon, ton esprit de Minerve,
Tu fis choix d'un Heros, quand tu choisis Filerve.

   La naissance, l'esprit, la vertu, le sçavoir,
Un merite éclatant en Durni se font voir,
A sa parfaite image, elle a formé deux belles,
Qu'on est tenté de mettre au rang des immortelles.

   Firne ta modestie augmente tes attraits,
La grace & la vertu relevent tes beaux traits.

   Qui danse & chante mieux que l'aimable Corine,
Qui sçait mieux tous les jeux, qui fait mieux la badine?
Mais qui sçait mieux aussi, par un soudain retour,
Prendre un air à glacer, & l'amant & l'amour!

   La charmante Mandane a fait l'experience,
D'un innocent amour & de son inconstance,
Son cœur fait pour aimer, par un heureux destin,

Ne ſçauroit plus brûler, que d'un feu tout divin.
 Un mutuel amour a fait depuis l'enfance,
D'Irene & de Phinon admirer la conſtance.
Dès que l'Hymen les met au comble de leurs vœux,
La cruelle Atropos en vient couper les nœuds;
Phinon eſt au tombeau, Irene doit ſurvivre,
Malgré le deſeſpoir qui la porte à le ſuivre,
Un an ſans nourriture, & baignée en ſes pleurs,
N'a pû finir ſes jours ni changer ſes couleurs.
 Du bel eſprit d'Iris j'ay de precieux gages,
J'en veux rendre au public de certains témoignages,
Elle a d'une Déeſſe & la grace & le port,
Une rare éloquence, un gracieux abord.
 On eſtime, on honore, on aime Sezamire,
L'amour eſpere encor la voir ſous ſon empire
Elle a de la beauté de l'eſprit, un bon cœur,
Et ſa brillante fille eſt priſe pour ſa ſœur.
 De toutes les façons Oraſine eſt aimable,
Elle a l'humeur égale & l'eſprit agreable.
 Si la beauté d'Orgenne a droit de tout charmer
Pour ſa haute vertu, l'on doit la reverer:
A ces jeunes ſoleils elle a donné naiſſance,
Nos Aſtres ne ſçauroient briller en leur preſence.
 Iſmene a de l'eſprit, du feu, de l'agrement,
Sa ſœur un air fripon qui plait infiniment.
 Tout ce qui fait paſſer heureuſement la vie,
Suivra le doux Hymen de la belle Emilie.
 L'on dit que Luce écrit comme parlent les Dieux,
Qu'en Latin Ciceron ne s'énonçoit pas mieux,
Que l'amour eſt jaloux qu'and il eſt auprès d'elle,
D'entendre s'écrier que ſa mere eſt moins belle.
 Lirine a l'eſprit doux, bon, juſte, complaiſant,
Sa voix charme le cœur le plus indifferent.
 Dirne a proviſion de tout ce qui peut plaire,
L'éloge le plus court n'eſt pas le moins ſincere.
 On peut appeler Doſne, un chef d'œuvre des Cieux,
Que ſon fidel époux, doit s'eſtimer heureux!
 Rien n'eſt ſi malfaiſant que les yeux de Gauſtine.

D'un

D'un seul de ſes regards elle vous aſſaſſine,
Son charmant entretien, ſon air, ſon enjoüment,
De ceux qu'elle a bleſſé, augmente le tourment:
Plotine a de l'eſprit, Plotine eſt agreable;
Mais de ſon domeſtique, elle eſt inſeparable,
Pourquoy ? c'eſt qu'un mary, des livres, des enfans
luy tiennent lieu d'amis, de cartes & d'amans.

 Qu'elle eſt la pieté, de cette veuve illuſtre,
A qui mille vertus, donnent un nouveau luſtre.
Comme un autre Dorcas, ſa charitable main,
Prend ſoin de revêtir la Veuve & l'Orphelin.

 Felice eſt noble & belle, elle eſt jeune, elle eſt ſage,
On s'éforce, on s'empreſſe, à rompre ſon veuvage,
Tous veulent la porter, à faire un choix nouveau,
Sans penſer qu'un heureux, en met mil au tombeau.
Elle a pour ſes amans, cet air d'indifference,
Qui dans le cœur de tous, entretient l'eſperance ;
Son agreable eſprit, & ſa charmante voix,
Les tiennent enchantez, en attendant ce choix.

 On a mis Heſnagene, au premier rang des belles,
Elle fait chaque jour, des conqueſtes nouvelles,
Sa ſœur a des attraits bien doux, bien raviſſans,
Pour s'en deffendre on fait des efforts impuiſſans.

 Jamais on n'a rien veu, de ſi beau ſur la terre,
Que les divins appas de la jeune Eliſaire,
Jamais de plus beaux traits, jamais de plus beaux yeux,
Dans le cœur des mortels, n'ont mis de plus beaux feux.

 Flavirie eſt charmante, elle eſt ſpirituelle,
Elle a fait l'heureux choix, d'un mary digne d'elle,
Qui voit de leurs enfans le merite parfait,
Penſe que l'amour meſme, à plaiſir les a fait.

 Cette jeune beauté, l'image de la mere,
eſt celle en meſme temps, de la vertu ſevere,
Leurs yeux ſi doux, ſi beaux, ſi vifs & ſi perçans,
Semblent avoir eſté formés en meſme temps.

 Cent bonnes qualitez, rendent Lucile aymable,
Ce n'eſt pas dire aſſez, Lucile eſt admirable,
Elle a reçû du Ciel, de precieux preſens,
Qui de ſon docte époux, feconde nt les talens.

E

Ces petites beautez , deviendront les plus grandes ,
L'amour de tous les cœurs , leur fera des offrandes ,
L'aymable Carmelé , dont l'esprit est si doux
Les a fait les Portraits , d'elle & de son époux.

Polinice n'est pas ; de ces beautez sauvages
Qui semblent du grand monde , ignorer les usages ,
Pour honorer les dons , qu'elle a receu des Cieux ,
Elle croit , les devoir exposer à nos yeux.

De toutes les beautez , j'ay vû la plus touchante ,
Si vous en exceptez , & sa mere & sa tante ,
Il n'est point de Mortels , fussent des demy-Dieux ,
Qui pussent resister , au pouvoir de leurs yeux.

Les attraits , la douceur , certain air de tendresse ,
Pour l'aimable Phedré , font que l'on s'interesse ,
Les graces , les vertus , chez elle ont leur sejour ,
Je l'ay pris pour Venus , & son fils pour l'amour.

Philis à l'esprit fort , & son ame est constante ,
C'est l'exemple fameux , d'une fidelle amante ,
L'on sçait que ce n'est point , sans avoir combatu ,
Que son cœur à l'amour , les armes a rendu.

Clorinde ne croit pas , qu'il soit d'amant fidelle ,
Dès qu'on parle d'amour , on se broüille avec elle ,
Mais ne seroit-ce point , quelque infidelité ,
Qui la rend incredule , à la sincerité.

Hermine de son cœur , fut toûjours la maitresse ,
Il n'est jamais tombé dans aucune foiblesse ,
Au pouvoir de l'amour , elle semble insulter ,
C'est quand on craint le moins , qu'on est plus en danger.

Pour peindre ces cinq sœurs , si charmantes , si belles
Que n'ai-je des couleurs , plus vives , plus nouvelles ?
Elles ne souffrent point , de ces amours folets ,
Des ces amours badins , de ces amours coquets ,
De ces bizares feux , indiscrets & volages ,
Il n'est point de beautez , plus modestes , plus sages.

Le reste est reservé , pour une autre saison ,
Pour en parler encor , j'ay plus d'une raison ,
Quant a leur liberté , elles ont renoncées ,
Après avoir beni , l'ordre des destinées ,
Elles ne pensent plus , qu'a plaire à leurs époux.

Sous ce Ciel fortuné, il n'eſt point de jaloux,
La rupture du nœud d'union conjugale,
Eſt ici reſervée, à la parque fatale,
L'amour ſe rend ici, le garand de la foy,
Et l'amour & l'himen, n'ont qu'une même loy,
L'on voit dans ces beaux lieux, les vertus celebrées,
Toutes les paſſions, vives & moderées,
Les Prêtres ſans deffauts, les Moines retirez.
Les jeunes gens diſcrets, les vieillards reverez,
Les riches ſans orgueïl, les pauvres ſans murmure,
Sans fraude l'artiſant, le marchand ſans uſure,
Les exercices faits avec dexterité,
Le ſerviteur qui ſert, avec fidelité,
L'Enfant civiliſé, l'Ecolier ſans malice,
Chacun ſe prevenir, pour ſe rendre ſervice,
Tous obeïr à Dieu, tous honorer le Roy,
Si j'en ay trop peu dit, Soiſſons pardonne-moy.

FIN.

www.ingramcontent.com/pod-product-compliance
Lightning Source LLC
Chambersburg PA
CBHW061733180626
46818CB00006B/2595